KB210863

방울을 울리며 낙타가 온다

이선애 시집

상상인 시선 005

상상인 시선 005
방울을 울리며 낙타가 온다

초판 1쇄 발행 | 2020년 3월 2일

지 은 이 | 이선애
펴 낸 곳 | 도서출판 상상인
큐레이터 | 이승희 박지웅
뉴크리에이터 | 이만섭 우남정 진혜진
등록번호 | 제572-96-00959호
등록일자 | 2019년 6월 25일
주 소 | 06621 서울시 서초구 서초대로74길 29, 904호
전화번호 | 010-7371-1871
전자우편 | ssaangin@hanmail.net

ISBN 979-11-963625-4-6 (03810)

값 10,000원

* 이 도서의 국립중앙도서관 출판시도서목록(CIP)은 서지정보유통지원시스템 홈페이지(http://seoji.nl.go.kr)와 국가자료공동목록시스템(http://www.nl.go.kr/kolisnet)에서 이용하실 수 있습니다. (CIP제어번호 : 2020008318)

* 이 시집은 교보문고와 연계하여 전자책으로도 발간되었습니다.
* 이 도서는 카카오톡 선물하기 〈독서의계절〉에서도 구입할 수 있습니다.

* 저자의 의도에 따라 작품의 보조 동사와 합성 명사는 띄어쓰기가 달라질 수 있습니다.
* 본문 페이지에서 한 연이 첫 번째 행에서 시작될 때에는 〈 표기를 합니다.

방울을 울리며 낙타가 온다

추천사

2008년 〈서울신문〉 신춘문예로 등단을 한 이선애 시인이 12년 만에 첫 시집을 간행한다. 시집 뒤에 작은 글을 덧붙이는 감개가 무량하다. 시집을 펴면 이내 알겠지만 이선애 시인의 시는 결코 만만치 않다. 꼼꼼하게 뜯어읽지 않으면 그의 시가 지니고 있는 진실의 깊이에 이르기가 쉽지 않다. “무릎을 굽혔다 펼치며/사막을 걷고 또 걷는”(「방울을 울리며 낙타가 온다」) 것이 그라는 것부터 알아야 한다. ‘드러내기’와 ‘감추기’가 동시에 작용하는 것이 시 일반이거니와, 그의 시가 결코 만만치 않은 것은 일단 ‘드러내기’보다는 ‘감추기’에 좀 더 경도되어 있기 때문으로 보인다. 그의 시가 드러내기보다 감추기에 경도되어 있는 까닭은 그가 저 자신의 시를 상처의 기록으로 받아들이는 데서 기인하지 않는가 싶다. 일찍이 프랑스의 시인 랭보는 “상처받지 않은 영혼이 어디 있으랴”라고 노래했지만 상처를 드러내기 싫어하는 것은 인지상정이다. 하지만 상처를 드러내지 않고 향기 있는 시, 좋은 시를 쓰기는 어렵다. 이선애의 이 시집 중에 「공룡발자국 옹달샘」, 「누구나 사자를 기를 수 있다」, 「리모컨」, 「인어 한 마리」, 「어머니는 전사다」, 「남방오색나비의 유통기한」, 「팔천 년 전 이무기」, 「가벼운 산」, 「우리」 등 명편의 시가 들어 있는 것은 바로 이 때문으로 생각된다. 앞으로는 그의 시의 문이 좀 더 쉽게 열릴 수 있기를 빌 따름이다.

이은봉(시인, 광주대학교 명예교수, 대전문학관 관장)

시인의 말

한 발자국 나아갈 수도 물러설 수도 없는
공중을 펼쳐 놓고 발자국을 더듬었다.
발이 푹푹 빠졌다 그때 낮게 하늘을 나는
한 무리 새들의 흰 배가 보였다.
여린 숨결이 밀고 가는 굶주린 탈주
새들의 바닥은 하늘이구나!
오독의 천국에서 시간을 눌러 죽였다.

이선애

■ 차 례

1부

2부

3부

4부

1부

말이 모는 남자

말이 눈 뜨네 검은 갈기
감은 듯 눈 뜨네
달리는데 발자국이 찍히지 않네
손짓을 다해 부르는데
손이 보이지 않네
그날 밤 남자는
말이 가장 좋아하는 기호
달릴수록 고도에 도달할 수 없네
매번 면접에서 떨어지는 남자
두리번거리며
말의 고삐를 잡고 가네
팔다리를 흘려버린
불온한 사랑
끝없이 착종되는 검은 그림자와 눈사람
을, 를, 을, 를 말을 모는 남자
바깥에서 말의 눈이 닫히네

방울을 울리며 낙타가 온다

책꽂이 속의 산
깨어지면서 돌아오는 둥근 메아리
끼워 넣고 싶은 소리가 많은 날
지붕 바깥의 어느 바람일까
겉지와 속지 사이 휘몰리는 둥근 능선
낙타는 풀을 씹고 나는 피로 목을 축인다
사라진 과거는 무엇으로 살아갈 수 있을까
묻기도 답하기도 전에 낙타가 온다
무릎을 굽혔다 펼치며
사막을 걷고 또 걷는다
어떤 통증에서는 단맛이 돌고
이마에서 떨어지는 짜라투스트라
생식기를 가진 산들이 겹친다
나뭇가지에서 새로 돋는 나의 갈기들
문득 아득한 소리로 달려오는
붉은 꽃을 피처럼 토하며
낙타는 뜨거운 모래를 산에서 읽는다

지하도시

내 몸은 어린 神이 태어나는 고요한 능선, 오직 정신만 외롭게 빛나는 사막, 땅속에서 땅속으로 가지를 펴는 길들이 어둠 속으로 휘어진다 교회, 호텔, 백화점을 지나 창문이 없는 서늘한 카페에서 랜턴을 켜고 더 내려가면 눈 깜박할 사이에 펼쳐지고 접히는 태초, 진한 아라비카 커피가 목젖을 적신다 어디로 가야 하는지 물을 필요가 없는 곳의 물음, 아득한 깊이에서 출렁이며 요람을 감싸 안는다 빵부스러기처럼 떨어지는 얼굴, 실재와 악몽 사이에서 기호를 낳는 자궁이 내게 더 내려오라 손짓한다 누구에게나 준비된 희망은 깊은 두려움, 꽃들은 다이너마이트를 탑재하고 출산을 준비한다 언제 어떻게 태어날지 알 수 없는 발가락들을 위해

혼몽, 도서관

숲속에서 길을 잃는다
등나무의자와 연애도감이 뒤엉킨 자리
발을 구르지만 발톱은 잠들어 있다
누군가 빛이 반사되지 않는 구강경을 들고
내 어두운 동굴을 읽는다
나를 향해 달려 나오는
꽃의 맹아 나무의 맹아
발바닥 운명선으로부터 탈주하는
뿌리들의 행렬
속도를 뽑지 못한 채 나는 배가 고프다
책보다 졸음이 오면 계단을 세던
습성이 엉겨 붙는다
길이 나를 찾아 헤매도록
침묵이 으르렁대는 도서관

귀로 듣는 슬픔

절집 처마 끝, 한 마리 슬픔이 산다
스멀스멀 고요를 갉아먹는 슬픔
너를 키우는 것은 누구니
바닥을 차고 오르며
네가 머릿속에서 새겨 넣는 것은 무엇이니
내 손에서 빠져나간 것은 또 무엇이니
속주머니에 넣고 달려온 붕어빵의 체온
어느새 금빛 햇살로 튀어 오르고 있구나
언젠간 너도 네 집으로 돌아가겠지
원통전을 울리며 진행되고 있는
너의 49재를 돌아보고 있는 슬픔아
중심은 기울기 위해 있는 것이라며
너는 목소리 기울여 요령 흔들고 있구나
그 소리 어느 날에는 천둥으로
다른 날에는 귓속의 못이 되기도 하겠지
갸웃이 고개 드는 단청은 파도 같은 손 뻗어
새삼스레 네 등 다독이고 있구나
바람과 놀면서도 과거와 친한 너는 한 마리 슬픔
그런 네 안에 그리움이 건너는 소리가 있다니

사라진 연못

아가, 연못 못 봤니!
연못이 없어졌다
서어나무, 체머리 흔들며
못 안으로 지고 있다
할머니 시집오던 해
할아버지께서 심으셨다는 서어나무
가을밤을 건너간다
잎 진 자리마다 별이 돋는다
서어나무 시린 밑둥치
아직도 기대고 서 있는 지게 바지게
가벼워진 기억이
한 사람을 새겼다가 지운다
나뭇잎 이불에 덮여 사라진 연못
치매는 출렁이는 연못의 뒷면인가
서어나무 뚝뚝 뼈마디를 꺾고 있다

공룡발자국 옹달샘

갯바위에서 아이들이 놀고 있다
수억 년 전
바위는 말랑말랑했을까
공룡 발자국이 새겨진 자리
옹달샘이 물무늬를 짓고 있다
낯선 공룡발자국 같은
옹달샘 하나가 핏빛이다
잇자국 선명한 담배꽁초가
푸르른 수심을 빨아들이고 있다
누가 깊은 섬까지 찾아와
실직의 아픔을 태우다 간 것일까
발자국 안에서 공룡이 일어선다
자연사박물관인 바닷속으로 난 길과
산꼭대기 쪽으로 난 길을 걸어
사라진 과거는 돌아오지 않고
세상의 발자국들은 또 먼 곳을 향한다
깔깔거리며 아이들이 흩어진다
햇볕에 말라가는 공룡발자국들

식탁

아픔은 말의 모서리
떨어뜨린 송곳니
다리가 여럿이지만
한 발자국도 뗄 수 없다
투명심장으로 바라볼 뿐
가족들이 남긴 얼룩
닦고 나면 허전할 때
아이가 도형 숙제를 한다
사각보 대신 둥근 탁보를 펼친다
세모, 네모, 프랙털도형
서로를 조금씩 내어주며
도형들이 나를 건너간다
아이가 좋아하는 기호는
풀리지 않는 수수께끼
누대로 핏줄이 당기는 입맛
평생 맛의 퍼즐을 맞추는 일
나를 위한 차림
왜 한 번도 없었을까

배후

나는 내가 낯설다 낯선 나와 싸우는
세렝게티, 초원의 발소리

주변을 맴돌던 하이에나가
죽은 사자의 목덜미를 물고 늘어진다
어디서나 죽음은 가깝고
붉게 물든 갈기가 검게 보인다

습관적으로 순환하는
피돌기의 흐름이 끊긴다

하나이면서 둘, 둘이면서 하나
분열되는 정신과 싸우는
풀이 자라지 않는 초원

몇 겹의 어둠을 좇는 사냥꾼 혼자
빈손으로 새벽을 맞는다

어둠에 물린 그림자가
초원 속으로 사라진다

개와 게

공중화장실 문과 벽 사이
게 같은 세상
누가 육감을 그려놓고 갔나
쏠린 눈초리가 글꼬리에 매달린다
도르르 말초신경 몸 안에 말아 넣고
주인 없는 게
구멍과 바다 사이를 배회한다
포클레인 대신 집게발 들이밀 때
흙탕물 가라앉던 집
발 대신 꿈이 많아 자꾸 집을 나가는 게
모르는 첫 남자 첫 여자
만나지 못한 채 스치기만 했는데
손잡이가 달린 물이 차오른다
소리보다 움직임에 둔감한 개
소리보다 움직임에 민감한 게
동시에 두 발이 허공에 떠서
개가 가고 게가 온다

사람주나무*

붓 하나로 가계를 일구는 사람
몸으로 획을 그어
하늘 화선지에 가지를 친다
휘적휘적 사람 人자가 새겨지는 공중
수만 년 전 사람들의 발자국들
저처럼 가볍고 푸르렀겠다
한 줄기에서 태어난 수많은 잎사귀
똑같이 제 몫의 햇살 나누어 갖는다
그의 붓 자국이 내게로 건너온다
덩치 큰 굴참나무 서어나무 틈에서
잔가지 키우느라 애쓴 마음의 간격이 넓다
들려오는 새소리, 바람소리
갓난아기 첫울음 같다
다 자란 아이들 흩어져 살다가
다녀갈 때마다 가파른 길 내려가는 뒷모습
노심초사 바라보는 정상이 보이는 중턱
내 안에 제 그림자로 굴곡져 있는
그의 발자국에서 사람이 묻어난다

* 사람주나무 : 쌍떡잎식물, 사람 人자로 기지를 뻗으며 잎이 둥글고 넓다.

냄새는 울음이다

어디서 갓 핀 양란 냄새가 난다
어디서는 지글지글 고기 냄새
여기는 아들 냄새
택배로 받은 입대 옷
어찌 보관할까 코를 박고,
떼어놓고 온
그때를 내 몸이 기억해 낸 걸까
너의 냄새가 내게로 온다
안녕 아들

첼로

나는 우주목이다
오래전 죽어 머리는 땅을 겨누고
뿌리는 하늘을 향한다
잘 삭힌 줄기로 소리를 만들 때
발아래서 달이 떠오른다
달은 한 덩이 빵을 굽는다
달빛이 정신에 대해 말할 때
나는 혼에 대해 말한다
바로 그때 불협화음이 태어난다
애당초 소리의 실마리는 어긋난
계단을 밟아 내려갔다
달이 올려다보는 깊은 골짜기
소리의 거처인 심장을 메고
나는 무주공산을 떠돈다
떠있는 사람들의 굵은 목소리
낮은 옥타브의 구름이
몸통을 가로지른다

2부

누구나 사자를 기를 수 있다

사자 한 마리 사자 두 마리
동굴에서 나온 사자가
발로 피아노를 치며
앞니를 내 허벅지에 박는다
뱅뱅 돌며 춤을 춘다
사자는 웃을 때가 가장 비밀스럽다
눈앞에 먹이를 두고도
입을 닫고
물러설 줄도 안다
그때 나는 외투를 벗어 던지고
사자의 발아래 알몸을 눕힌다
종아리와 어깨가 젖을 때마다
정원에서는 흰 꽃들이 핀다
뒷덜미를 물린 사자는
어떻게 사막을 초지로 바꿀까
목덜미를 물고 물리며
우리는 서로의 먹이가 된다

야합

찻잎을 따면
손끝에 개구리울음이 있다
자왈자왈 자왈자왈
야합이 없었다면 공자도 없고
나의 경전인 禮, 樂도 없다
무대에 선 어릿광대처럼
자왈자왈 자왈자왈
차꽃은 꽃피우기 좋은 봄을 버리고
늦가을 서리를 맞으며 핀다
꽃이 피는 것은 봄이라서가 아니다
바람과 태양의 조건도 아닌
울음에 대한 몰입 때문이다
단단한 씨앗을 감춘 채
안에서 부풀어 오르는 소리
다 버리고 토씨와 야합하고 싶다

어느 날, 지진

섬뜩하다 머리통이 깨진 것처럼
이가 나가고 금이 간 그릇
밑바닥에 〈본차이나〉 상표가 새겨져 있다
쓰촨성, 지진과 먼지의 고향
더러 살아남은 얼굴이 보인다
나는 주검 같은 빛깔을 걷는다
잡초도 관목도 자라지 않는 자갈밭
발밑에서 달그락거리는 소리가 들린다
발을 끌어내리는 중력
한때는 오르고 또 오른 기억이 있다
입술을 스쳐 간 뜨거운 비
지나가며 끝없이 늙어간 주걱
다시 또 불운을 새긴다
한 가닥 믿음을 새롭게 쓴다
죽음이라는 가장 단순한 미궁

내 동물원은

마둥령이라고 중얼거리면
호랑이 한 마리 뛰쳐나와 내 안을 맴돈다
얼룩무늬는 질풍노도의 허리 어림
예측불허의 사냥에 나선다
주말은 붐비고 꽃은 아직 이르다
우리를 빠져나간 내 안의 꽃 몽우리
선택도 안개도 꼬리를 문다
사라진 허기를 싸고도는 공룡능선
이빨 빠진 문자를 날려 보낸다
둥근 포위망, 갇힌 것들의 숨소리는 없다
이른 봄, 내 안의 호랑이
천불동 계곡을 두발네발 오르고 있다

사랑의 기술 1
-프라이 팬

엄마, 옷에서 피비린내가 지워지지 않아요
걱정 마라, 너를 위해 씨앗을 퍼트리기 위한 거란다

파마머리 엄마는 오늘의 사자

매운 손끝에 머리가 잘리고
사지가 축 늘어진 배추 같은

흘러내린 붉은 구름
먼 빙하가 녹듯 입맛이 혼자 자란다
도마가 심장을 펌프질할 때마다
피가 마르고 살과 뼈가 짓무른다

불과 칼의 몸짓에 사로잡힌 밤

활활, 표정을 바꾸는 저녁의 레시피
어린이날, 미용실, 용돈, 잔소리, 포옹…
입술을 달싹이며
사라지는 마술도 사랑의 기술이다

나는 날마다 엄마의 엄마들과 어둠을 태운다

사랑의 기술 2
-가스레인지

한 발자국도 뗄 수 없는
둥근 무덤 속, 사냥꾼과 사냥감
천국과 지옥의 차이는 물과 불에 있다

내 몸을 떠돌며 주린 위장을 끌어당기는
냄새는 죽은 자들의 가득한 생기
거실로 옆집으로 새어나간다

길들여지지 않은 주방에서
살이 짓무르고 뼈가 녹는 것을
죽은 자의 미래라 한다

뼈만 남은 엄마의 젖을 물고
벌이는 아이의 사투
한 치의 양보도 없는 그림이다

피를 불타게 했던 사람은 사라지고
이제 지켜야 할 순결은 어디에도 없다

견고한 시간의 피딱지가 앉은

태양의 뜨거운 둘레를 육체라고 해야 할까

산다는 것은 머리를 박고
목숨을 불꽃 위에서 꽃피우는 것

사랑의 기술 3
-업사이클링

구름이 귀를 연다
괴성을 지르며 무너지는 상아아파트
대량 학살된 가축들의 울부짖음
뼈와 살이 타버린 꿈속에서
만지고 싶은 마음과 혀끝을 맴도는 소리
감춰진 대낮의 씨앗이 자란다
폐기물 잔해 속에서, 몸 뒤틀며 힘이 움트는 소리
아무도 빠져나갈 수 없는, 잠의 벼랑을 건너
꽃잎은 그렇게 죽음을 앞지른다
나는 시간의 바퀴를 거꾸로 돌리는 사람
촛불을 들고 밤마다 수북이 쌓인
소리의 시체 더미를 뒤진다
손 내미는 태양은 스스로 몸을 망친 어둠의 얼굴
밤새 그을린 기색 가시지 않은
나를 닮은 검은 꽃!

사랑의 기술 4
-전골

후쿠시마 원발 6기
금이 간 미수라 5기

끓고 있는 불화가 친근해지면서
언제부턴가 내부를 향해 입을 여는
이상한 침묵을 목격한다

신종 바이러스 소식에 전율이 일고
알 수 없는 바람의 입술
후후 불어 나를 식힌다

몸에 닿는 가스불보다 지독하게
개성과 감정을 죽이며 어우러지는 국물
내 안의 노예근성에 귀가 놀란다

또 어느 바다의 혀끝이 물드는지
버려진 줄도 모르고 떠오른 거품
풀어헤친 머리칼, 광기로 내 몸이 뜨겁다

들여다보면 희생도 이기적이다
강산은 그저 변하지 않고
나를 통하여 너에게 간다
악역은 늘 나의 몫

다시, 가을

무작정 퇴출을 강요한다
피할 수 없는 하늘의 가시거리
사육되는 나무들 떨고 있다
사과는 벌써 붉은 수의를 지어 입고
무덤을 파고드는 칼날
사람들은 다양하게 사과를 먹는다
식욕과 성욕은 다르지 않아
마술처럼 흘러내린 붉은 망토
이면에 잘 저며진 하얀 살점들
들썩이는 안타까움 대신
적멸이 빈 가지에 걸린다
적멸보궁도 시대에 따라 변하는 걸까
아는 것은 없으면서
보이는 것들만 흩어지는 계절
진실과 거짓은 자주 몸을 바꾸지
나는 대륙을 횡단하는 새처럼
레드 데리셔스, 골든 데리셔스, 후지, 갈라,
알타이어로 소리친다
습관적으로 달려 나오는 나의 생존본능
먹고 입고 말리는 반복의 몸짓들

하지만 단 한 번도 같은 적이 없다
발아래 수북이 쌓이는 나의 껍질들

삶은 양파처럼

늦은 시각 사냥터는 대부분 지하에 있다
바퀴 달린 의자, 나사를 풀고 걸어 나온다

동전을 넣고 빌린 팔다리에
길들일 수 없는 속도가 붙는다

몰래카메라에서 돌아가는 내 미래의 수렵도

음악이 흐르고 주검이
빵처럼 부드러워진다

썩은 공기에 안심하고 몸을 맡긴다
원 플러스 원 폭탄을 세일하는

이곳에서 꽃은 피는 게 아니라 벗겨지는 것이다

지하의 지하에서
입은 지워지고 코만 생긴다

몸은 사라지고 가죽 혹은 가족만 남는다

〈

끝없이 나를 수렵한다
겹겹의 사냥이 끝나면 비로소 식구가 된다

투명한 목숨을 끌어안고 사는 이 별이 맵다

거미집

후박나무 가지와 가지 사이
출렁이며 다리를 펴는 집 한 채
떠도는 자들에게 이 집은 천적이다
머무르고 싶은 충동을 억누르며
날개를 펴는 검은 구두 한 켤레
새들만 허공을 나는 것은 아니다
스스로 돌아갈 길을 지우는 흰 구름
허공에 박아둔 쇠못이 반짝인다
바람이 쑥쑥 빠져나가는 이 집
날개를 달고 싶을까 가파른 계단을 올라
구름은 다시 무한대의 집을 짓는다
내 그림자조차도 걸리지 않은
집의 어깨가 처져 있다
검은 구두 한 켤레마저 없다

안나푸르나
-산 혹은 밥

쌀과 살, 맛을 비교한다
하루 세끼 뜨거운 비를 맞으며 융기하는
살 속의 산, 안나푸르나
발아래서는 태양이 은밀히 타오르는데
뭉개진 구름이 발가락을 세워 온몸을 더듬는다
기압이 오르고 살이 트기 시작한다
허공을 향한 한 스텝의 거리에서
지렁이처럼 핏줄을 타고 내려간 산맥들을 독해한다
완성은 언제나 미완성보다 쓸모없는 것인가
혀끝에서 설익은 밥알이 구른다
몸 밖에서 무슨 일이 일어나고 있는가
부르는 대로 증식되는 죽음
나는 죽었고 하나가 아니고 뿌옇게 흐려지는 시야
누군가 대신 질러주는 비명이 그치고
갓 출산한 아기 안나푸르나, 나의 살 혹은 밥
허공을 업고 암벽을 기어오르는
한통속의 구름이 허리에 걸린다
나도 모르게 아껴먹는 죽음

자운영 꽃밭
-팔레스타인의 시인들에게

자운영 꽃밭은 멀다
꽃의 여린 발목을
층층 손이 붙잡는다
맨손으로 옮기는 봄
얼룩얼룩 눈물진 손은 바보
움직이는 나를 보지 못한다
만개한 적 없는
굶주린 햇볕과 허공의 거처
들녘 끝 어디서 총성이 울린다
나는 이 봄을 성전이라 말하고
너는 거대한 폭력이라 부른다
자운영 꽃밭은 여전히 멀고
아무리 갈아엎어도
이 봄은 변한 것이 없다
분노가 불태울 때마다
자운영 꽃밭이 흐드러지다
꽃들은 분노로 죽지 않는다

3부

별

별은 손에 잡히는

흐르는 다이아몬드

나에게서 나에게로

빠져나오는 한여름

얼굴에 열쇠 구멍을 내며

슬픔이 키를 늘인다

눈물이 나를 닦는다

첫사랑

귀가 가득 차오른다
차를 타고 하동 송림 지나면
아름드리 소나무
물소리를 지고 따라온다
일부러 차를 세우지 않아도
일어서는 동행
사람은 사람을 잊어도
나무는 아무 질문 없이 자라 오르고
흐르는 물은 갈등도 없이
어깨를 들먹인다
우는 나는 언제나 첫사랑이다
그냥 지나치기에는 거짓말처럼
아무렇지도 않아서
슬픔도 잘못도 없는 나무에게
몇 번이고 흠집을 낸다
흉터로 가득 찬 저 송림
등지고 들썩이던 첫울음이다

토막토막 텅텅

하얀 플라스틱 도마 위
피망꽃 핀다
칼 지나간 자국 따라
하양 초록 빨강 피들이 튄다
이방의 눈빛들
날아와 박히는 동안
나는 도마 위에서 다져진다
서툰 발음 내뱉는 말들
혀끝을 물들인다
텅텅 도마가 운다
칼이 노래를 삼킨다
볕 좋은 날 베란다의 햇살이
칼자국을 붙잡는다
나는 이제 이방의 말에 더 이상
상처 입지 않는다

숨 쉬는 거울

나는 늘 저체온증에 시달린다
가라앉는 산허리를 따라
구름은 매 순간 과거를 뭉개고
볼륨을 올린다
화들짝 깨어나는 청신경
바라보던 드높은 어린 날의 봉우리들
배 위에서 졸아들고 있다
거울 속의 나는
이 악물고 살아내는 둥근 전율
빛이 있는 한, 나를 찾는 그림자들
빚쟁이처럼 몸을 뜯어먹는다
외롭고 화려하고 빛나는 나날
한여름에도 두꺼운 이불을 덮고
침묵이라는 고정관념을 고정시키지
그늘을 가진 자들만 볼 수 있는
숨 쉬는 거울
무엇이든지 되기와 쉬기 사이
지금 물푸레나무 그림자 홀로
내 캄캄한 식도를 통과하고 있다

꽃씨를 기다리는 동안

철근과 콘크리트가 포옹을 풀고 있다
무릎 꿇지 않고 꼿꼿이 서서
무너져 내리는 고층 아파트 한 동
누군가 카운트다운을 세고
꽃은 피었다 지는데 오 초가 채 걸리지 않는다
중심을 향해 각을 맞추고
한 치의 오차도 허용치 않는 어떤 감옥
사랑은 아직 끝나지 않았다고
말하려는 사람처럼 꽃술 같은 혀를 내민다
수많은 자물통을 부수고
텅 빈 희망 속에 갇혀 있던
구름족들 일시에 터져 나온다
어느 발파 기술자의 전략과 마음이 몸부림치며
유체이탈하는 소리
수직의 일생이 수평으로 눕는다
사람과 사람 사이 이미지와 無 사이
뒤집어보면 당신이 걸어온 지도가 나온다
안과 밖 있음과 없음의 접점에서
다시 피어나는 소리의 꽃
햇볕과 바람의 중간지점으로
안개 몰려간다

검은 숲

노을의 뒤편을 달리고 있어
썩은 가을 툭! 떨어지는 소리가 들려
짚불처럼 타오르는 죽음은
아직 오지 않은 시간과
이미 지나가 버린 시간 사이에 걸쳐 있는 거미줄
그때 나는 여덟 살이었어
등굣길에서 니코틴 냄새를 잠깐 맡았을 뿐인데
빛보다 빠른 속도로 늙어버렸어
침대 커버를 벗기며
지금의 나보다 어린 엄마가 울고 있어
보랏빛 지문이 목덜미를 잡아당겨
빛과 어둠의 교배 속에서 흘러나오는 상처
검은 비닐봉지를 씌운 채
신음은 부풀고 이른 시각에 찾아온 검은 숲
두 다리 사이로 이어폰을 꽂는다
변기에서 물 내려가는 소리
뚜벅뚜벅 전자음 울리는 소리
악몽을 노래하기 위해 새들이 날아오른다
나는 하늘의 흙을 밟으며 뒤로 달린다
서쪽에서 동으로 숲이 지고 있다

피아노

커튼을 열면
무인도에서 불이 켜지고
박수소리가 들린다
손가락에 부딪혀 깨어지는 몸
아플수록 환해지는 틈새
나비가 고요히 날개를 접는다
속삭임, 한때의 소용돌이
깨어진 약속을 매화 가지에 매어 두고
소녀는 무인도를 빠져나온다
저절로 낡아가는 한낮
뚜껑을 열면 낯선 곳을 걷는
검은 구두와 넥타이
정박할 곳을 찾지 못한 소리들
소녀에게는 건너뛰지 못한
도돌이표가 있다

날아라, 신발

낮은 걸음으로 고속도로를 달린다
거대한 스키드마크와 마주친다
선명한 단말마가 귀를 찢는다
신발이 훽훽 날개를 편다
믿음과 불신이 동의어로 쓰인 이정표에는
거리 표시가 없다
속도 제한도 없다
깃털 없는 검은 새들이 날아오른 하늘
감시와 그리움에서 몸을 튼 신발
구름의 활주로를 우주선이 통과한다
겨우 발을 떼었을 뿐인데
아기들은 커다란 공포와 마주 선다
지구는 거대한 로터리
겨울을 건너온 뒷굽이 주저앉는다
절뚝거리며 밀려 나가는 뒷모습
어제보다 조금 가볍게 어디론가 달려가고
나는 시침을 따라
같은 곳을 몇 바퀴째 돌고 있다

리모컨

아무것도 기억하지 않아요
소파 위에서 뒹구는 e-편한 세상이에요
당신의 손가락이 필요한 나는 싫증 난 고양이
액션영화는 스릴 있지만 가벼워요
황량함을 청량함으로 바꿔놓기도 하는
바뀌는 것이 일과인 화면 앞에서
사랑이 끝났다고 나를 패대기치지는 마세요
고양이 꼬리를 찾아 빠져드는 밤
이미 안은 바깥이에요
미끄러지며 세상을 뒤엎는 블랙홀
애마가 사이렌을 울릴 때
가방을 쏟으며 안절부절못하는 당신
기억을 지우는 일과
순종이 나의 생존전략이지요
가끔씩 사라진 꼬리의 책략에 걸려든 당신
간신히 나를 찾고 웃고 있군요
나를 누르는 순간 당신은 꿀꺽, 탄성을 삼키죠

바닷가 세탁기

빨래를 돌린다
드넓은 백사장 집어넣고
얼어붙은 갈매기 날개까지 접어 넣고
물결치는 기름때 숨통 조여 오면
세탁기는 덜덜덜 신호음 보낸다
미끄러지듯 샤우팅 하는 목소리
방 안에서 미세먼지 타령만 하는
다른 동료들에게 구조 신호를 보낸다
일자리 잃어버린 가재도구
검은 돌들 부둥켜안고 어루만진다
버저가 울리기도 전 먼저 가버린 사람들
기억에서 멀어진 이름들 꺼내 부를 때
닦고 조여지며 뚝뚝 흐르던
바다가 문을 연다
열린 해안선에 물린
행과 행 사이 새하얀 빨래가 내걸린다

구멍 난 양말

뚫린 구멍에서 달빛이 새어 나온다
구멍을 키우며
어두운 밤거리를 헤집는
양말의 가슴에 바늘을 꽂는다
한 땀 한 땀 불면을 불어넣는다
그때는 자꾸 삐져나오는
발가락 이해하지 못했다
불안한 냄새를 내미는 엄지와
검지 다 외면한 후
내 밝은 눈빛은 사라져 버렸다
뚫린 구멍으로 가까스로 휘어져 들어오는 달빛
양말 구멍이 어둠의 창구라는 것
우주가 잠가놓은 문이라는 것
왜 알지 못했을까
지금 내가 할 수 있는 일은
다시 달빛 불러들여 함께 잠들 수 있게
가슴 한쪽에 창문을 내는 일이다
빠져나오고 싶은
비밀들이 아우성치는 발가락들

빵과 장미

왜 들어갔을까
교도소 안쪽을 기어오르는 장미
담벼락에 기대어
주머니를 뒤지면 쏟아지는 햇살
햇살은 빵이다 아찔한 수갑
아이들은 주저 없이
부모도 수입할 거다
보이지 않는 남자는 멈추지 않는다
수갑에 묶인 채 가시를 뱉어내는 장미
구름이 또 눈앞을 스쳐 지나간다
빗방울이 먼지 낀 창을 열자
바람은 흉터를 가로질러 간다
형틀에 넣고 돌리면
잘도 구워져 나오는 빵
빵을 굽는 교수대
고문이 허공에서 꽃을 피운다
떨어진 꽃잎에서 빵 냄새가 난다

인어 한 마리

해 질 녘 시장통을 건너는 여자
하루를 몽땅 써버리고
불안한 마음으로 불을 안고 간다
고무가방에 체념을 쓸어 담고
꽉 막힌 가슴속 수로를 건너가는 느림보사랑
바닥에 배를 대면 등 뒤로 빠져나가는
붉은 활자들
몸 안 모스부호 같다
잠들지 않고도 꿈을 꾸고 태몽을 기억한다
눈 속에 발을 담근 하늘은 텅 비어 있는지
보도블록은 여전히 보도블록일 뿐
치마폭에 꼬리 감추며 살아가는 여자
밤이 깊자 숨이 막힌다
다리를 꼬리로 숨기고 사는 것은
이 시대의 커다란 사랑법,
숨 막힌다 사랑아, 얼굴 좀 보며 살자!

4부

우는 방

부풀어 오르는 가죽 소파의 감촉
몸도 이름도 사라질 무렵
밖에는 비가 내린다
돈을 낸 시간만큼 울고 나면
구겨진 티슈만큼 업그레이드되는 것일까
아무런 상관없이 밤은 깊어
몸은 가까워지는데
비디오를 보며 캔맥주를 마시는
방 안의 새들에게는 날개가 없다
우는 것에 길들여진 새들이 다녀간
빈방에는 휴지만 가득해
비 그치면 저녁의 씨앗을 물고
다시 새들이 날아오를 것이다
하늘 가득히 발자국이 펴질 것이다
꿈을 꾸는 쪽과 꿈이 나는 쪽은 같은 편
어두운 방이 더욱 캄캄해진다
수많은 나와 같이 가는 허공

꿈꾸는 그림자

발목을 묶은 채 엄마는 나를 끌고 다닌다 언젠가 엄마의 등 뒤에서 무게를 잃고 떨어진 기억이 있다 나는 엄마가 벌인 가지, 빛의 이파리, 한 발자국도 뗄 수 없는 등급 없는 장애아…

일요일 오전 아홉 시, 나무처럼 산비탈을 오른다 산을 오를 때마다 왜 엄마는 가파르고 위험한 길로만 나를 데려가는 걸까 나는 떨어져 내리면서 태어나는 존재, 서어나무, 맥문동, 침엽의 향기 덧씌우며 바닥에 내려앉는다

어둠의 세계를 떠도는 빛에 이름을 붙여본다 삶이라는 바닥… 굴곡과 강도와 마찰을 체험하는 것이 즐겁다 엄마는 몸을 줄였다가 늘이는데, 숨기고 꾸미는 것은 나의 일과, 매 순간 나는 새로운 얼굴로 태어난다

오늘은 어제보다 참하게 죽고 싶다 슬금슬금 시간의 검은 멍이 땅바닥에 나를 파종한다 그렇게 파종된 채 사라진 텅 빈 엄마를 불러본다

문자 메시지

지느러미를 흔들며
파도가 날아와 문자를 찍는다
배를 밀며 들어오는 오동도
곤줄박이 날아올라
벼랑 끝으로 몸을 던진다
건재하구나, 얽히고설킨 자음 사이
홀로 빠져나와 먼저 웃는 섬
왜, 그냥, 어디쯤, 동백이 피면 어떤가
얼굴도 없이 파도가 찍힐 때마다
까닭 없이 씹히는
자음 대신 마음을 누른다

사이버 사파리

마우스 하나로 길을 떠난다
하늘엔 골목길, 구름이 만개한
새들의 채팅창이 뜬다

안으로 걸어 잠근 자연의 창
밖으로 입장하는 신의 창
나는 동시에 두 개의 자연에 접속한다
두 개의 자연이 손안에서 충돌한다

해가 지지 않는 지평선을 향해 달리는
죽음의 레이싱 환청이 밟는 액셀
모든 이들의 꿈이 같아지는 판도라 세계
모니터 안에서 나는 산 채로 사로잡힌다

내가 나에게 명한다
살아 있는 나를 기억하라고
다른 나로 빠져나오라고
하늘 가득 발자국이 찍힌다

남방오색나비의 유통기한

1

길이 끊어질 듯 너울대며 이어졌다 새색시 손 건네받은 사내, 수줍은 부부는 말이 없었다 딸자식 낳고 살풋한 나날, 사내는 달도 없는 강을 건너 장남만 데리고 북으로 갔다

누군가 미닫이문을 열고 들어올 것 같은 순간들

수예점 낡은 문을 들어설 때마다 하얀 공단 이불깃에 수를 놓던 할머니, 남방오색나비가 날아올랐다 안경 너머 휘둥그레 고운 눈, 몰래 엿본 반짇고리에는 언문혼용체 편지가 날아갈 듯 쌓여 있었다

2

사진 속 젊은 지아비는 죽고 김일성대학 교수가 된 장남, 오매불망 그리던 상봉장을 빠져나오며 할머니는 기자들에게 말했다 다시는 상봉장에 가지 않겠노라고, 북으로부터 몇 차례 요청이 들어왔지만, 할머니는 단호하게 수틀을 내려놓았다 그 후, 남방오색나비도 날지 않았다

만남은 그리움의 무덤일 뿐, 할머니는 스스로 이별의 문을 열어 두었다

하관

무리진 삐비꽃
수직의 빗줄기가 허공에 매여 있다
높이 오를수록 산은
무너져 물처럼 흔들리고
눈물이 옷섶을 끌어당길 때마다
천둥이 친다
사람들은 모르게 깊어져서
자신을 통곡하고
땅이 둥글게 자라 오르는 소리
슬픔이 뿌리내린 풀옷 갈아입고
나는 왔던 길 되짚어간다

집 나서는 새벽

빗줄기가 휘어진다
물의 날개를 단 풀들
죽순이 머리 드는 소리
자꾸 헛디디는 발과 귀가 보폭이 될 즈음
우산을 버린다
똑같은 어조를 되풀이하는 소리는
빛보다 빨리 꺾인다
완강한 말의 근육
알 수 없는 경계를 받아 적는다
긴 새벽 빗소리에 흘려보낸 악보
강이 흐르면
어김없이 천 개의 발이 뜬다
두레박을 기다리는
너는 나의 샘, 젖은 발자국
귀를 적신다
들리지 않는 비의 휘파람

팔천 년 전 이무기

파도의 잔소리 음악 삼아
칠게빵을 먹는 저녁
순천만의 태동은 팔천 년 전 이무기
허리 구부려 달 하나를 꺼내 놓는다
달이 몸을 바꾸기 시작할 때쯤
코와 입술을 덮는 것은 머리카락
어깨 밑으로 가라앉은 갈대
내 사랑은 중저음 파도의 목소리를 가졌지
자객처럼 스며든 흑두루미
달의 허리를 가를 때
순천만과 사람 사이 물길이 생긴다
무른 발자국을 뚫고 솟아올라
모두가 달이 될 때
발밑에서 이무기가 꿈틀대기 시작한다

어머니는 전사다

전화戰火가 휩쓸고 간 우물가
어머니의 매운 손끝에 당해 나뒹구는 잔해를 본다
널브러져 말라붙은 피 묻은 살점
텅 빈 소쿠리에 담긴 고무장갑
축 늘어진 패잔병들 항아리 속에 누워
고춧가루 붉은 약으로 상처를 싸매고 있다
구설의 화살촉에 맞은
내 가슴속 상처도 보았는지
어머니는 물 묻은 거즈로
수 겹의 침묵으로 그것까지 동여매준다
승리마저 잔인한 우물가 전쟁
끝내 깊은 내상을 입고 쓰러진 어머니
눈 오는 저녁의 잠꼬대를 듣는다
폭설이 내리기 전 한 문장 한 문장
전쟁을 마무리하라는 전언

가벼운 산

태풍 나리가 지나간 뒤 아름드리 굴참나무
등산로를 막고 누워 있다
오만상 찌푸리며 어두운 땅속을 누비던 뿌리
그만 하늘 향해 들려져 있다
이제는 좀 웃어 보라며
햇살이 셔터를 누른다
어정쩡한 포즈로 쓰러져 있는 나무는 바쁘다
지하 단칸방 개미며 굼벵이
여러 식구들 불러 모아
한 됫박씩 햇살 들려 이주를 시킨다
서어나무, 당단풍나무, 노각나무 사이로 기울어진 채
한 잎 두 잎 진창으로
꿈을 박는 굴참나무
제 뼈를 깎고 피를 말려 숲을 짓기 시작한다
생살이 찢겨 있는 굴참나무
그에게서는 고통의 향기가 난다
살가죽의 요철이
전 재산을 장학금으로 기탁한
밥장수 할머니의 손등만 같다
끝내 허리를 펴지 못하는

굴참나무가 세로로 서 있어야 한다는 것은 편견이다
굴참나무가 쓰러진 것은 태풍 나리 때문이 아니다
나무는 지금 스스로 살신성인하는 중이다
하늘 가까이 뿌리를 심는 중이다

아프로시아스 원형극장

이 스타디움은 고대 도시의 풀밭
제자리를 돌며 시간을 잃는다
타원형 돌방석에 앉아
수천 년 전 눈들을 만난다
바람이 귓속에서 북을 울린다
둥둥 막이 오르고
수줍게 걸어 나온 아프로디테
흩어진 머리칼 빗어 올리며
애증을 퍼붓는다
객석을 메운 수많은 정착민들
그 밤은 몇 세기의 질투였을까
한 그루 한 포기마다 깃들어 살던
정령들의 기억, 귓속 이 울림은
나의 어떤 순간에 오는 것일까
어둠은 어둠 속에서 되살아나고
피를 불타게 하는 것은
태양이 아니라 밟힌 풀의 냄새
심장의 풍향계가 새로운 종의
씨앗을 퍼트린다
태어남도 죽음도 없는 시간은
고대로부터 지금까지 변한 게 없다

핑크뮬리의 시간

분홍은 서쪽으로 번지고
바람은 다정을 일으키고 있다
-살짝 비켜서 봐!
프레임 속에서 환히 웃는 너
나의 입술 위에 앉은 분홍쥐꼬리새
누군가 알아볼까 봐
키스는 앞뒤를 바꾸어 놓는다고 말한다
오늘의 배경은 갈 데까지 가는 것
소실점도 색도 만들 겨를 없이
안개는 빠르게 유통기한을 넘겼다
눈과 눈 사이로 지는 해가 미간을 좁힌다
잠시 너의 손을 잡고 걷던 화사한 시간
분홍빛으로 저무는 사원 한 채
없는 듯 매여 있다

우리

꿀 수 있을까
수면 아래서 새들을 불러 모으는

물고기의 포즈로
내 몸의 풍랑들이 간직한

고운 건반으로 돌아가는 꿈
회오리 속 물무늬

어린잎처럼 여린 숨결
바닥없는 바닥을 찾아

발 묶인 채 갈 수 있을까
먼 곳으로부터 실려 오는

씻지 않은 말들의 살냄새

모래 속, 숨은 엉덩이
불에 덴 언어 끌어안고 있는
〈

우리, 아픈 바다

석양 속 굶주린 새 한 마리
백지로 기억할 수 있을까

■ 해 설

불균형의 세계를 건너는 자의 쓸쓸함

이승희(시인)

균형이라는 말에 대해 생각해 본다. '균형'의 사전적 의미는 "기울거나 치우치지 않고 고른 상태"이다. 그렇다면 시인은 균형과 불균형 사이에서 어느 쪽을 방향 삼아 걸어가는 존재일까. 시가 태어나는 자리가 불균형의 상태라고 보면 우리는 현실적으로 불균형의 생을 살아가고 있다는 말이면서 그러한 불균형에 맞서는 또 다른 균형의 축을 찾아가는 것이라고 말할 수 있다. 그렇다고 우리가 궁극적으로 균형을 이루거나 찾을 수 있다고 생각하진 않는다. 균형을 이루었다고 생각한 순간, 그 또한 또 다른 불균형의 모습이기 때문이다. 결국 시인이란 존재는 끊임없이 균형과 불균형 사이를 떠돌아야 하는 운명에 갇힌 자들이라고도 할 수 있다. 그러나 이 또한 정답은 아니다. 그러한 '떠돎' 자체가 시인에겐 살아있는 하나의 운동성이고 에너지이며, 삶 그 자체이기 때문이다. 따라서 그러한 운동

성 자체가 하나의 균형이라고 할 수 있으며, 이러한 '떠돎'은 개별의 시인마다 고유한 방향성을 갖게 된다.

이선애 시인의 시집에 나타나는 이러한 방향성을 읽는 일은 재미있고 의미 있다. 그것은 시의 출발점이 고스란히 우리 삶을 그 바탕으로 하고 있다는 데 있으며, 자신의 삶을 바라보고 성찰하는 자세가 진정하고 정직하다는 점에서 더욱 그렇다. 시는 이 세계에 던져진 시인의 견딤의 기록이다. 그러나 문제는 그런 견딤이 시인에게 견딤을 요구했던 어떤 조건들의 극복만을 말하는 것이 아니라는 데 있다. 언제까지나 견딤으로만 살아갈 수는 없는 일이기 때문이다. 견딤을 통해 시인만이 발견한 세상과 삶의 부조리와 비의秘義를 통해 우리는 불균형의 세계 속에서도 그것만의 따뜻한 의미에 젖어들거나 균형이라는 것 또한 또 다른 불균형의 한 모습이라는 성찰에 이르게 하기 때문이다. "완성은 언제나 미완성보다 쓸모없는 것인가"(「안나푸르나」 부분)처럼 생의 깊은 성찰에 이르는 과정, 이것이 이선애 시의 진정한 매력이고 힘이다.

견딤은 멈춤이 아니라 나아감이다

보이지 않는 것이 의미 있는 것은 보이는 것들을 가능하게 하기 때문이듯이, 지금의 상처와 어둠을 이해하는 것은 보이지 않는 것에 대한 이해가 진정한 이해라는 것을 알고 있는 것과 마찬가지이다. 견딤이라는 것 또한 그렇다. 견딤은 그저 지금의 상황을 버티고 유지시키는 것이 아니라 지금의 불균형과 결핍의 상태에 최선을 다해 대응하는 자의 모습이다. “다리가 여럿이지만/ 한 발자국도 뗄 수 없다”(「식탁」 부분)거나 “거울 속의 나는/ 이 악물고 살아내는 둥근 전율”(「숨 쉬는 거울」 부분)이라는 시인의 고백은 이 부조리한 세계에 대해 시인이 어떻게 관계 맺고 있는가를 잘 보여준다. 그럼에도 시인은 “둥근 포위망, 갇힌 것들의 숨소리는 없다/ 마침내 봄날 내 안의 호랑이/ 천불동 계곡을 두발네발 오르고 있다”(「내 동물원은」 부분)처럼 혹은 “어둠의 세계를 떠도는 빛에 이름을 붙여본다 삶이라는 바닥… 굴곡과 강도와 마찰을 체험하는 것이 즐겁다”(「꿈꾸는 그림자」 부분)처럼 새로운 방향성을 발견하거나 견딤을 넘어 현실 속에 매몰되지 않는 새로운 자아를 찾아 나서길 주저하지 않는다.

삶의 성찰이 언제나 아름답고 풍요로운 것은 아니다. 오히려 끝없이 결핍의 나를 만나는 일에 가깝다고 할 수 있다. 그리하여 끝도 없는 상실감과 상처를 끝없이 견뎌야 하는 길인지도 모른다. 그럼에도 가는 것. 끝의 시작이 환히 보이더라도 멈추지 않는 것, 그것이 진정한 성찰의 모습이자 시인의 자세에 가깝다.

말이 눈 뜨네 검은 갈기
감은 듯 눈 뜨네
달리는데 발자국이 찍히지 않네
손짓을 다해 부르는데
손이 보이지 않네
그날 밤 남자는
말이 가장 좋아하는 기호
달릴수록 고도에 도달할 수 없네
매번 면접에서 떨어지는 남자
두리번거리며
말의 고삐를 잡고 가네
팔다리를 흘려버린
불온한 사랑
끝없이 착종되는 검은 그림자와 눈사람
을, 를, 을, 를 말을 모는 남자
바깥에서 말의 눈이 닫히네

—「말이 모는 남자」 전문

이선애 시인의 시는 대체적으로 짧다. '짧다'에 대한 기준이 없으니 이 또한 부적절한 표현이겠으나 현재 우리 시단의 시가 전반적으로 산문화와 장황한 내면적 진술을 통해 길어지고 있는 점에 비추어볼 때 그렇다는 것이다. 비록 형식적인 부분이긴 하지만 불필요한 진술을 거두고 간결함 속에 긴장을 담아내는 방식이 이선애 시인의 시에서 잘 드러난다.

시의 길고 짧음과 상관없이 한 편의 시가 줄 수 있는 감동의 깊이는 표현된 문자 뒤에 숨겨진 여백의 깊이와 관련이 매우 깊다. 그것이 깊고 멀수록 좋다. 중요한 것은 시의 울림이고 그것의 깊이일 것이다. 어떤 면에서 짧은 시 쓰기는 그만큼 더 어렵다. 그것은 시적 긴장감을 잃지 않아야 한다는 점에서 그렇다. 이는 상당 부분 언어의 긴장과 함축에서 비롯되는 것이기도 하지만 그보다는 세계를 보는 시인의 눈이 보이는 것이 아닌 보이지 않는 것을 통해 말하려고 하는 그 빈 공간의 여백 때문일 것이다.

이 시에서 주체는 남자가 아닌 '말'이다. 또한 범박하게 여기서 '말'은 말(馬)과 말(언어) 혹은 시간의 중의적 표현으로도 볼 수 있다. 그런데 남자가 주체로서 말을 보는 것이 아니라 제목에서처럼 사내를 모는 것은 말이다. 그런가 하면, 사내는 '말의 고삐를 잡고 가'기도 한다. 주체와 객체가 서로를 번갈아 갈아타며 말과 말이 현실과 희망 사이를 떠돈다. 또한 말의 모습은 "달리는데 발자국이 찍히지 않"고, "손짓을 다해 부르는데/ 손이 보이지 않"는다. 그리하여 "달릴수록 고도에 도달할 수 없"다. 결국 우리는 이 세계를 이겨낼 수 없는 존재에 불과하다. 하지만 우리가 꿈을 꿀 수 있는 것은 내가 지금 이 현실을 발 딛고 있기 때문이다. 현실이 가혹하면 가혹할수록 우리는 더 멀리 나 자신을 늘이거나 끌고 갈 수 있다. 비록 우리가 주체적으로 이 세계를 건너가지 못한다 해도 이미 그것을 성찰하고 있다는 것은 지금이 아닌 그 너머의 것을 향해 끝없이 나아가고 있음을 보여준다.

뭉개진 구름이 발가락을 세워 온몸을 더듬는다
기압이 오르고 살이 트기 시작한다
허공을 향한 한 스텝의 거리에서
지렁이처럼 핏줄을 타고 내려간 산맥들을 독해한다
완성은 언제나 미완성보다 쓸모없는 것인가
혀끝에서 설익은 밥알이 구른다
몸 밖에서 무슨 일이 일어나고 있는가
부르는 대로 증식되는 죽음
나는 죽었고 하나가 아니고 뿌옇게 흐려지는 시야
누군가 대신 질러주는 비명이 그치고
갓 출산한 아기 안나푸르나, 나의 살 혹은 밥
허공을 업고 암벽을 기어오르는
한통속의 구름이 허리에 걸린다
나도 모르게 아껴먹는 죽음

–「안나푸르나 –산 혹은 밥」 부분

불균형의 균형을 살아가는 일은 없는 길을 걸어가는 일에 다름 아니다. 그러니까 허공에 발을 디뎌 밀어 가는 것이고 그것이 길이 되는지에 대한 확신도 없는 그런 길이다. 따라서 시인이 감당해야 할 새로운 세계에 대한 열망은 절망과 그리 다르지 않다. 그러므로 우리에게 절망은 그것이 새로운 곳으로의 나아감을 위한 중요한 지점이 되기도 한다. 따라서 "완성은 언제나 미완성보다 쓸모없는 것인가"라는 존재적 발견은 "허공을 업고 암벽을 기어오르는" 시인의 존재적 성찰을 가능하게 한다.

결핍의 현재를 기꺼이 짊어지고 시작하는 것, '견딤'을 '견딤'으로 인식하지 않음으로써 얻어지는 진정성은 시인의 내공이기도 하지만 이러한 정직함으로 한 세계를 건너가고자 하는 시인의 또 다른 내면의 힘을 보여주는 것이기도 하다. 이러한 내면의 힘이 더욱 빛나는 것은 삶에 대한 진지하고 정직한 성찰로부터 비롯되기 때문이며, 그런 상처들과 여전히 격렬하게 싸우는 방식, 비록 그것이 견딤을 통한 것이라 할지라도 그러한 싸움의 의지가 '있음'으로 가능하다. 더불어 이선애 시인은 그러한 싸움의 치열함을 드러나는 격렬함이 아니라 감추어진 격렬함으로 보여준다.

> 내 몸은 어린 神이 태어나는 고요한 능선, 오직 정
> 신만 외롭게 빛나는 사막, 땅속에서 땅속으로 가지를

펴는 길들이 어둠 속으로 휘어진다 교회, 호텔, 백화점
을 지나 창문이 없는 서늘한 카페에서 랜턴을 켜고 더
내려가면 눈 깜박할 사이에 펼쳐지고 접히는 태초, 진
한 아라비카 커피가 목젖을 적신다 어디로 가야 하는지
물을 필요가 없는 곳의 물음, 아득한 깊이에서 출렁이
며 요람을 감싸 안는다 빵부스러기처럼 떨어지는 내 얼
굴, 실재와 악몽 사이에서 기호를 낳는 자궁이 내게 더
내려오라 손짓한다 누구에게나 준비된 희망은 깊은 두
려움, 꽃들은 다이너마이트를 탑재하고 출산을 준비한
다 언제 어떻게 태어날지 알 수 없는 내 발가락을 위해

—「지하도시」 전문

시인은 세계에 독립적으로 존재하기를 열망한다. 무엇인가에 부단하게 맞서 싸우거나 자신의 내면 속으로 끝없이 들어가 보는 일은 서로 다르지 않다. 그 과정에서 시인은 기존의 세계질서가 아닌 궁극적으로 자신과의 싸움에 이르게 된다. 그래서 시인은 이 세계에 존재한 적도 없고 존재하지 않는 세계를 걷기도 하는 것이다. 그러나 그 모든 것은 자신의 내면과 만나는 일에 다름 아니다. 이것은 위로와 절망이 함께하는 일이다. 황폐화된 자신을 만나는 일이고 그런 자신 앞에서 몇 번이고 절망하는 일이기 때문이다. 이 시는 그러한 시인의 내면세계를 담담하게 풀어놓고 있

다. 물론, 이 담담함 속에 감추어진 쓸쓸함의 극단이 어떤 슬픔으로 빚어지고 있는지, 어떤 방향으로 자라고 있는지를 살펴보는 것은 이 시를 읽는 큰 즐거움이 된다.

시인의 내면은 "어디로 가야 하는지 물을 필요가 없는 곳의 물음"들로 가득하다. 그러나 그러한 질문은 황폐함을 대하는 매우 역동적인 공간이 될 수 있다. 생에 대한 난감함과 더불어 그러한 난감함과의 대면을 통해 이 세계를 건너갈 힘을 스스로에게서 추출하고자 한다. 어쩌면 이것이 이선애 시인의 시에서 나타나는 고유성일 것이다. 세계와의 불균형에 대처하는 이러한 방법은 끊임없이 자신의 상처를 드러내고 파헤쳐야 하지만 그럼에도 그 안에서 존재적 가치를 스스로 얻어낼 수 있다는 독립적인 정신의 가치를 드러내기 때문이다. 적어도 분명한 것은 그가 이러한 불균형에 대하여 싸우기를 두려워하지는 않는다는 것이다. 혹은 그러한 두려움에 대하여 더욱더 자신에게로 몰입하기를 통해 나아가고자 하는 것일 수도 있다.

지독한 쓸쓸함은 여기서 발생한다. 온전히 혼자여야 하기 때문이다. 그러나 그렇기 때문에 빛나는 고독이기도 하다. 자꾸만 어긋나는 세계에 매달리기보다는 보다 근원적인 내면의 질문을 통해 자신의 내적 에너지를 추출하고 그것을 바탕으로 본래의 나를 만나는 일, 그것이 자아의 독립성을 키워내기 때문이다. 비록 지금은 "빵부스러기처럼 떨어지는" 나를 보는 고통을 견뎌야 하고, "실재와 악몽 사이에서 기호를 낳는 자궁이 내게 더 내려오라" 하지만 이를 매우 에너지가 충만한 공간으로 만들어가는 것 또한 자신만이 할 수 있다는 것을 분명히 알고 있는 것이다. "지하의 지하에서/ 내 입은 지워지고 코만 생긴다/ 내 몸은 사라지고 가죽 혹은 가족만 남는다/ 나는 끝없이 나를 수렵한다"(「삶은 양파처럼」 부분)에서도 이 같은 시인의 자세를 짐작할 수 있다.

책꽂이 속의 산

깨어지면서 돌아오는 둥근 메아리

끼워 넣고 싶은 소리가 많은 날

지붕 바깥의 어느 바람일까

겉지와 속지 사이로 휘몰리는 둥근 능선

낙타는 풀을 씹고 나는 피로 목을 축인다

사라진 과거는 무엇으로 살아갈 수 있을까

묻기도 답하기도 전에 낙타가 온다

무릎을 굽혔다 펼치며

사막을 걷고 또 걷는

어떤 통증에서는 단맛이 돌고

이마에서 떨어지는 짜라투스트라

나뭇가지에서 새로 돋는 나의 갈기들

문득 아득한 소리로 달려오는

붉은 꽃을 피처럼 토하며

낙타는 뜨거운 모래를 산에서 읽는다

– 「방울을 울리며 낙타가 온다」 전문

사막에는 길이 없다. 하지만 길이 될 수도 있고, 길이 아니어도 가야 할 때가 있다. "낙타는 풀을 씹고 나는 피로 목을 축"이듯이 없는 길을 간다는 것은 끊임없는 자기 갱신을 요구한다. 그리고 이러한 자기 갱신은 나의 결핍을, 실패를 지독하게 마주해야 하는 길이기도 하다. "어떤 통증에서는 단맛이 돌" 때까지 말이다. 더불어 과거는 단순히 지나간 것이 아니다. 따라서 쉽게 폐기해야 할 어떤 것이 아니며, 단순히 과거로부터 이어진 현재적 의미보다는 어떻게 보고 받아들이는가에 따라서 새로운 발견이 가능한 것이기도 하다. 비록 지나온 길이 지워진다 한들 지금 새로운 발자국을 남기며 걸어가는 자에게 최소한의 자기 확인은 될 수 있을 것이다.

시인은 도대체 왜 이처럼 가혹하게 자신의 내면 속으로 침잠하는가. 도대체 자신의 내면에서 추출하려는 에너지는 무엇인가. 시인은 이 세계에 식민지화되려는 자신을 돌아보는 것이라고 할 수 있다. 자신의 내면에 자리한 또 다른 자신을 부정하거나 긍정함으로써 그 세계를 더욱 확장시

키고, 이를 통해 보다 근원적인 나에 이르고자 한다. 결국 삶은 저마다 외로운 싸움이며, 이를 통해 자신의 심연을 끊임없이 상상하고 걸어 나간다. 때 묻고 낡아가는 자신에 대한 반성이며 성찰이며 진정한 자아에 도달하는 방향성은 세계가 아니라 나 자신이라는 것을 확인하게 된다.

어정쩡한 포즈로 쓰러져 있는 나무는 바쁘다
지하 단칸방 개미며 굼벵이
여러 식구들 불러 모아
한 됫박씩 햇살 들려 이주를 시킨다
서어나무, 당단풍나무, 노각나무 사이로 기울어진 채
한 잎 두 잎 진창으로
꿈을 박는 굴참나무
제 뼈를 깎고 피를 말려 숲을 짓기 시작한다
생살이 찢겨 있는 굴참나무
그에게서는 고통의 향기가 난다

(중략)

나무는 지금 스스로 살신성인하는 중이다
하늘 가까이 뿌리를 심는 중이다

–「가벼운 산」 부분

"나는 우주목이다/ 오래전 죽어 머리는 땅을 겨누고/ 뿌리는 하늘을 향한다"(「첼로」 부분)처럼 시인은 지금 너머의 방향성에 대한 하나의 발견을 보여주고 있다. 우주적 자아라고 할 수 있는 죽음에 대한 새로운 시선이다. 문학적 죽음은 끊임없는 자기 갱신의 다른 표현이겠지만 사실적으로도 인간은 죽음을 향해 걸어가는 존재이기도 하다. 그러나 우리가 먹는 모든 것들은 죽은 것들로부터 온 것처럼 죽음은 하나의 끝만을 보여주는 행위가 아니다. 이 시에서 보듯이 쓰러진 나무는 죽음으로써 새로운 세계로 진입한다. 새로운 움직임을 살아가는 것이다. "여러 식구들 불러 모아/ 한 됫박씩 햇살 들려 이주를 시"키고, "한 잎 두 잎 진창으로/ 꿈을 박"는다. 우주적 순환의 세계에 아름답게 참여하는 것이다. 어떤 세계의 끝이 또 다른 세계에서는 새로운 시작이 되고 있음을 담담히 보여주고 있다. 우리 삶 속에서의 죽음 또한 그렇다. 물리적인 죽음을 넘어선 세계에 대한 강렬한 열망인 셈이다. 자신의 발효를 통해 또 다른 세계와 연결되는 일, 그런 과정을 통해 다시 태어나는 것에 다름 아니다. 사는 일이 온통 울음일 때가 있다. 그러한 한때가 지나도 울음의 시간이 끝나지 않는다고 하더라도 우리가 삶에서 느끼는 절망과 얼룩은 새로운 갱신을 위한 배경이 되는 것임을 깨닫게 한다.

시인은 꾸준히 자신을 갱신해왔으며, 그런 과정의 기록

이 고스란히 이 시집 속의 시에서 읽혀진다. 물론 삶에 대한 성찰이 항상 풍요로움이나 희망과 결합되는 것은 아니다. 그러나 지난한 과정을 거치며, 이를 순수하게 통과해낸 사람만이 말할 수 있는 희망의 이유는 분명 그 나름의 충분한 이유가 있다.

견딤은 시간이 지난다고 사라지지 않는다. 끝없는 과정에 있기 때문이다. 이는 결국 자신을 이해하기 위한 존재 내부의 통증이자 상처다. 그러나 우리는 이 상처를 통해 나를 볼 수 있고, 너를 볼 수 있다. 이 세계에 중심이란 따로 존재하지 않는다. 시인이 서 있는 곳, 바로 거기가 중심이다. 비록 누구도 주목하지 않는다 해도, 아무도 알아봐주지 않는다 해도 그런 욕망으로 괴로울 일은 없는 것이다.

시인에게 있어서 '시를 쓴다는 것'은 오늘의 삶에 대한 반성임과 동시에 스스로 답을 구하고 치유하는 미래로서의 의미를 갖고 있다. 그리고 그것은 실체로서의 삶을 바탕으로 하고 있으며, 그렇기 때문에 오늘의 현실이 고단한 모든 이들에게 전하는 위로가 될 수 있다. 이 같은 시인의 자세는 시에 대한 절실함과 더불어 그 진정한 마음을 새삼 생각하게 만든다. 이선애 시인에게 중요한 것은 어쩌면 세계가 아니라 시인 자신일 것이다. 그에게 끝은 세계의 탐구가 아니라 자신에 대한 탐구이며, 상상이기 때문이다. 그러나 그러한 내면의 탐구는 다시 이 세계의 비밀, 이 세계 속에서의 자신의 존재에 대한 성찰을 품고 있다는 점에서 주목해야 한다.

모든 시는 끝에 대한 이야기이다. 그리고 그 끝은 그 끝을 시작점으로 비로소 확장이라는 이름으로 나아간다. 더불어 시는 끝에 이르는 과정이 아니라 끝에서 시작하여 얼마나 오래, 어떤 방향으로 그 끝을 가슴에 안은 채 달려 나갈 수 있는가의 이야기이다. 그러니까 무한히 확장되는 끝에 대한 것이다. 감동이 시작되는 지점은 바로 그 끝이라는 데에 있다. 그리하여 어쩌면 우리는 세계가 사라진 공간을 혼자서 달려야 하는 일인지도 모른다. 그렇게 달려서 우리는 어디쯤, 어느 끝에서 아름다워질 수 있을지 시인은 묻고 또 되물어보는 것인지 모른다.(끝)